野豬的臭臭攻擊

史提夫·史提芬遜 著

伊雲·比加雷拉 圖

U0099829

新雅文化事業有限公司
www.sunya.com.hk

英雄暗號

　　無論是現在或將來，
魔法鎮可能會面臨大大小小的危險，
　但只要「遠方會」唸出這道咒語：
「超級超級大英雄，遠方之地召喚你！」
　　大英雄就會立即出現，
　　　守護這座小鎮。
　　記住，一定要大聲地唸咒語，
　　　用盡全力去唸啊！

馬芬

與「遠方會」的朋友

馬芬

「遠方會」的大英雄，不修邊幅，
有點小聰明，敢於冒險。

吉爾

熊魔法師，有點笨拙和膽小，喜歡美迪。

菲菲

精靈公主，可愛迷人，但難以捉摸她的心情。

美迪

浣熊醫生，醫術精湛，溫柔細心，值得信賴。

泰德

鼴鼠博士，知識淵博，背包裹放滿圖書。

布麗塔

松鼠戰士，英勇無畏，但性格率直急躁。

目錄

❶ 沉悶的數學課 ················· 07

❷ 熊崖堡遇上大麻煩 ············· 13

❸ 怎樣拯救熊崖堡? ············· 19

❹ 惡蟲炸彈的攻擊 ··············· 25

❺ 激戰野豬 ····················· 33

❻ 暗黑王的陰謀 ················· 41

❼ 閃電寶座 ····················· 51

❽ 遠方會的作戰計劃 ············· 66

❾ 驚險的空中飛翔 ··············· 71

❿ 寶座廣場上的大混戰 ··········· 81

⓫ 救星來了! ··················· 86

⓬ 誰的功勞? ··················· 98

⓭ 冒險結束 ····················· 104

沉悶的數學課

　　這一回我要說的故事，是關於遠方會的大英雄馬芬如何拯救熊崖堡。

　　什麼？你問我在胡說些什麼？我沒有胡說啊，那是馬芬的輝煌成就之一，畢竟他是魔法鎮的大英雄！

　　我知道你一定在想：什麼？馬芬是英雄？你難道沒看見他那張永遠都

睡眼惺忪的臉，永遠亂得像鳥窩的頭髮，永遠拖着兩行鼻涕的鼻子嗎？還有，瞧他那副拖拖拉拉的樣子，做什麼都是最後一名，就連出生也拖到午夜前一分鐘才呱呱墜地。那時候，同一天出生的其他寶寶早已在搖籃裏安睡了！

朋友，你說的都沒錯啦！單從外表來看，馬芬和「大英雄」這個稱號確實不相稱。但是，魔法鎮的美好之處，在於這

裏從來都不以貌取人。

我們來看看馬芬正在做什麼吧。

這個早上，馬芬坐在課室裏，班上一個個同學全都埋首在書本中。這沒有什麼出奇的，因為任教數學的阿黛西老師決定替全班同學報名參加數學大賽。和前幾天一樣，今天她也給大家準備了一連串複雜的數學題。

不過，班上唯獨有一個人抬起了頭。沒錯，那人就是馬芬！（別跟我說你沒看見啊，這麼大的藍色鳥窩，怎麼可能看不見呢？）

馬芬盯着眼前那些密密麻麻的數字，頓時覺得它們歪七扭八地亂動起來，不停迴響着嗡嗡的聲音，讓他的腦袋彷彿要炸裂般。（要是你的耳朵也像馬芬的那麼大，就會知道這有多痛苦了！）

　　哎呀，我要糾正一下，原來嗡嗡作響的不是數字，而是一隻蒼蠅。這隻黑蒼

蠅非常巨大，正在課室裏亂竄個不停。馬芬打賭，不消五秒鐘，牠就會盯上「大胃王」森姆放在桌上的朱古力鬆餅。五、四、三……

　　「馬芬，你怎麼把筆放下了？難道你已經完成所有題目嗎？」阿黛西老師嚴肅地問。

「啊？呃⋯⋯不⋯⋯不是，我的筆沒有墨水了⋯⋯我正想換另一枝筆。」馬芬一邊回答，一邊彎下腰在書包裏翻找。

突然，他聽見一把強而有力的聲音喊道：「超級超級大英雄，遠方之地召喚你！」

2

熊崖堡遇上大麻煩

　　從魔法鎮傳來英雄暗號，冒險旅程再度展開！馬芬緊緊握住他的神奇武器「魔力椏杈」，前往魔法鎮與他的朋友會合。

　　唸出咒語的當然是吉爾，他是魔法師之中最毛茸茸的，而且長着最鋒利的牙齒和爪子。簡單來說，他就是一隻大熊啦！

「超級超級大英雄，遠方⋯⋯」
吉爾正將雙臂舉向天空，重複唸着咒語，
但他突然停了下來，因為噢的一聲，馬
芬已經出現在柳樹林的空地上，正揮動着
他的椏杈。

「吉爾，你唸咒語一定要唸得那麼
大聲嗎？」馬芬責怪道，「學校所有人都
能聽見你的聲音啦！」

「呃⋯⋯我⋯⋯我⋯⋯」

「唸咒語必須剛勁有力！」鼯鼠泰
德忍不住替吉爾解釋，「這是『英雄暗號』
規定的。」

「什麼力？」松鼠布麗塔問。

「剛勁有力！就是要大聲地唸啦！」泰德解釋，「馬芬，只有你才能聽見這個咒語，其他人絕無可能被召喚來到魔法……」

「知道了，知道了！」布麗塔不耐煩地說，「我們不如先把眼前這個大麻煩解決吧！」

「什麼麻煩？」馬芬好奇地問。

你是不是也有相同的疑問？別著急！千萬不要學布麗塔，她總是一副急躁的樣子！

好了，你們首先要知道，大熊國王布拉莫·貪吃熊（也稱為毛茸茸陛下）今天前往松鼠樂園橡樹林訪問。這片橡樹林位於魔法鎮裏，是松鼠居住的地方。關於貪吃熊國王為什麼要到那裏訪問，我還是不多説了，因為這就像談論各種四腳動物的便便，解釋便便不同的形狀和黏度一樣，實在是無聊透頂。反正你只需要知道，這是大熊和松鼠之間的合作，他們想聯手抗敵，這樣誰都不敢進攻魔法鎮了。

要知道，有些傢伙真的很討厭，他們

不但臭哄哄，而且又粗魯又邪惡，例如……野豬！

可是，你猜猜發生了什麼事情？偏偏就是那些討厭的野豬，在得知貪吃熊國王外出訪問後，決定進攻大熊之城——熊崖堡！

幸好，大熊們早已將城門緊緊關上，才沒讓野豬攻入城內。

但不幸的是，布麗塔、吉爾和泰德像平常一樣，正在城外的樹林裏閒逛，他們被關在城門外，馬上就要跟野豬短兵相接了！

3

怎樣拯救熊崖堡？

馬芬瞅了他的朋友們一眼，那眼神彷彿在說：「你們又惹了什麼麻煩？為什麼把我召喚過來？」

朋友們也瞅了他一眼，那眼神彷彿在說：「因為你是遠方會的大英雄！我們有難，你怎能丟下我們不管？」

突然，馬芬收回視線，四處張望，他

發現了一件怪事。

　　四周異常寧靜，沒有松鼠吱吱喳喳的叫聲，沒有野兔奔跑的蹤影，沒有鼴鼠從地洞裏冒出頭來，沒有鳥兒在樹上唱歌，沒有魚兒在水中嬉戲。這些聲音全都沒有，在他們身處的這片樹林裏，只能聽見微風輕輕拂過柳樹，枝葉之間沙沙作響。

　　馬芬不禁撓了撓頭：「奇怪，大家都到哪裏去呢？」

布麗塔沒好氣地回答：「你這個橡果腦袋，到底有沒有聽我們說話？貪吃熊國王和他的護衞隊到橡樹林訪問，其餘的動物都在城裏抵抗野豬的進攻啊！」

　　「只有我們被關在城外了。」吉爾歎了一口氣。

　　「除了我們，還有野豬！我們應該趕緊到熊崖堡和他們決一死戰！」布麗塔一邊喊着，一邊想要竄出樹林。可是她剛跳起，她的頭盔就掉了下來，正好蓋住眼睛。布麗塔腳步不穩，撲通一聲便摔倒在草地上。

吉爾立刻把她扶起來，泰德則直搖頭說：「在我看來，我們應該先去橡樹林，通知貪吃熊國王、松鼠和其他動物。只要我們齊心協力，就能將野豬擊退，渡過難關！」

　　「但橡樹林離這裏太遠了！這個時候，貪吃熊國王一定正跟紅尾鼠村長暢飲着橡果汁呢！」布麗塔抱怨道，重新站了起來，「要走到那裏，恐怕要走一輩子啊……那時候，野豬早已攻破城牆。啊！熊崖堡，永別了！」

　　吉爾急得跳了起來：「不行、不行、

22

不行！我們一定要通知國王！不對，我們要對抗野豬！或者通知野豬對抗國王？哎呀，我都糊塗起來了，不喝碗新鮮蜂蜜的話，我的腦袋運作不了！馬芬，你怎樣看？」

「你是說蜂蜜？」馬芬又撓了撓頭。

「吉爾是說究竟該怎麼辦，你這個核桃腦袋！」布麗塔忍不住用木劍拍打他。

於是馬芬清了清嗓子，說：「我認為我們

應該⋯⋯我們應該⋯⋯」

　　大家的目光都落在這位大英雄身上：吉爾的眼神充滿疑惑，泰德的眼神流露出驚恐，布麗塔的雙眼則炯炯有神，毫無畏懼。

　　「迎戰野豬，拯救魔法鎮！」

4

惡蟲炸彈的攻擊

　　於是，遠方會的成員向熊崖堡進發。熊崖堡是魔法鎮的都城，熊、浣熊、獾和雪貂都一起在這裏生活。

　　即使馬芬經常在學校迷路，他在熊崖堡裏也能輕鬆找到方向。瞧！貪吃熊國王的皇宮塔樓高高聳立在山林頂上，他們再往前走，整座城市便一覽無遺。房屋

和店鋪在山腰林立，道路蜿蜒向上，通往皇宮，皇宮的背面則是懸崖峭壁。現在你應該知道為什麼這座城市叫「熊崖堡」了吧？

「我居住的城市真是太美麗了！」吉爾驚歎。

「美是美，但根本毫無防禦能力！城牆上沒有崗哨，城

門沒有守衛，什麼防衛都沒有！那羣野豬遲早會攻進來的！」布麗塔屬聲説。

馬芬不禁問：「你們覺得，野豬究竟會從哪裏……」

嗖！

在他們右方的樹林裏，突然彈出一個奇怪的棕色球。三隻濕潤的鼻子和一對拖着鼻涕的鼻孔同時朝向天空，只見那個小球越過熊崖堡的城牆，然後啪嗒一聲爆開。

「啊！救命啊！」慘叫聲從城牆的另一邊傳來。

「到底發生了什麼事呀？」吉爾擔憂地問。

泰德嘀咕道：「我還是第一次親眼看見⋯⋯但毫無疑問，這一定是傳說中的『惡蟲炸彈』！它的名字是源於⋯⋯」

嗖

另一顆炸彈呼嘯而來，不偏不倚地在馬芬面前爆開。

「哈，不過是用陶土做的炸彈。」他一邊說，一邊從地上撿起了一塊碎片，

「這有什麼可怕的！」

「快走啊！」大家忽然異口同聲地大喊，可是已經來不及了！一大羣惡蟲從碎片飛出來，準備向他們發動攻擊。

「炸彈裏有跳蚤、蝨子和蟬蟲，所以才稱為『惡蟲炸彈』！」泰德步步後退，仍不忘向大家解釋。

馬芬揮舞着手臂，一邊驅趕惡蟲，一邊朝朋友們跑去。

「救命啊！」他聲嘶力竭地大喊起來。

可是，那些惡蟲來勢洶洶！吉爾摔

了一跤，魔法杖也掉在地上；布麗塔用木劍追擊惡蟲，卻一隻都沒有打中；泰德則拚命地在灌木叢裏尋找藏身之所。

在一片慌亂之中，誰都沒發現有兩隻

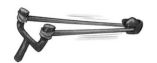

醜陋的野豬從樹林裏冒出來。

「這些可笑的傢伙是誰呀？」一隻穿

着黃色背心的大野豬問。

另一隻野豬回答：「一隻小松鼠，一

隻大肥熊，一隻四眼鼴鼠，還有……一個藍髮小子！」

　　兩隻野豬對視了一眼，然後分別舉起手上的棍棒和棒槌，邁出腳步……

5

激戰野豬

野豬的豬蹄踏在地上，發出像雷聲般的隆隆巨響，響徹整座山林。

「我要把你們壓成肉醬，就像拍打蟑螂一樣！」其中一隻野豬舉起棒槌。

「我要把你們扔進油鍋裏！」另一隻野豬也威脅道，揮舞着他的棍棒。

這時，馬芬停止揮趕自己身上的惡

蟲，直直地站在原地。

「快躲開！」布麗塔大叫。

「我⋯⋯我可以用⋯⋯我⋯⋯我的魔力椏杈⋯⋯」馬芬結結巴巴地說，匆忙地在口袋裏翻尋武器。

「趕快躲開！」

說時遲，那時快，布麗塔已一手將馬芬推開，又狠狠地向吉爾毛茸茸的屁股踹了一下，再往泰德柔軟的肚皮推了一把，讓他重新鑽進了灌木叢。但這時，兩隻臭哄哄的野豬與布麗塔只有幾毫米的距離！

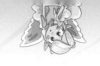

電光火石之間，布麗塔輕盈一閃，
用尾巴把自己掛在一根樹枝上，在半空中
晃動着。兩隻野豬的衝力太猛，結果重重
地相撞，而布麗塔卻毫髮無損！

砰

野豬惱羞成怒，不巧馬芬這時站了起來，頓時成為他們的目標。

　　「啊⋯⋯啊⋯⋯」面對那兩頭龐然大物，馬芬害怕得幾乎説不出話來。

　　如果你的身形瘦削，就連馬芬那頭亂糟糟的藍髮都比你的身體大，而對手是兩個臭哄哄又兇巴巴的大傢伙，面對這樣的情景，你會怎樣做呢？

　　沒錯，你一定會拔腿就跑，花盡全身力氣狂奔！

　　馬芬也是！他跑啊跑，跑啊跑，一頭藍髮被風吹得向後飛揚。

「你這個橡果腦袋，再跑快些！」布麗塔大喊。

「加油！你是我們的大英雄啊！」吉爾也為他打氣。

兩隻野豬仍然窮追不捨。馬芬敏捷地躲過對方的攻擊，卻沒法避開從他們嘴裏呼出的一股惡臭。他被臭氣熏得雙腿哆嗦起來，就像螺旋槳般抖動着。

可惜，這場賽跑快要來到尾聲了，因為前方有一條湍急的河流，名叫「火花河」。一塊塊尖石從河牀冒出，看起來就像玻璃碎片。

「啊！不好了！」馬芬緊張地大喊，「我要掉下去啦！」

他努力地收住腳步，運動鞋的鞋底與地面猛烈摩擦。他緊張得閉上雙眼。

究竟馬芬會不會掉進河裏呢？

「嘿，朋友，你好啊！」一把悅耳的聲音忽然在他的耳邊響起。

馬芬睜開雙眼——他居然及時停下來了，距離河流只有兩厘米！

　　在他眼前，一隻精靈正拍動着翅膀。她有一顆最善良的心，最搖擺不定的性情，還有最令人猜不透的心靈。

「我已經把那兩個臭臭的傢伙收拾了，你看這樣可以嗎？」精靈的笑容如同陽光一般燦爛。

馬芬轉過身，發現野豬早已落在後方，看起來像是被困在一座花叢裏，裏面到處都是帶刺的玫瑰。

馬芬調整好呼吸，露出微笑，對精靈深深鞠了一躬。

「菲菲，真是太感謝你了！」他說，「你是我的救命恩人啊！」

6

暗黑王的陰謀

菲菲救了馬芬，但兩隻野豬的處境可不妙呢。他們被困在芳香撲鼻的玫瑰叢裏，被長滿了刺的藤蔓包圍。

「快放我們出來⋯⋯哎呀！」其中一隻野豬大叫起來，玫瑰的尖刺扎入他滿是紋身的手臂上。

「可惡⋯⋯啊！」另一隻野豬則忙

着拔去爪裏的刺。

菲菲不禁大笑起來，馬芬好奇地問：「你怎麼知道我們遇上危險呢？」

「剛才一羣蝴蝶飛到我的蓮花湖。」菲菲説，「那些『多嘴多耳』的傢伙……」

「應該是『多嘴多舌』……」泰德打斷了菲菲的話，但他馬上閉上嘴巴，因為馬芬、布麗塔和吉爾紛紛投來責備的目光。菲菲是一位很

重要的朋友，但馬芬也告訴了他的同伴，最好不要惹菲菲生氣，否則會有大麻煩！也許不久你就會知道原因了……

「那些……『多嘴多耳』的傢伙說了些什麼？」馬芬繼續詢問。

「她們說，熊崖堡的蜂蜜園傳來了一股惡臭。」菲菲解釋，「我知道你們就住在那附近，我不喜歡你們變得臭哄哄的，所以想送一些玫瑰給你們。我是不是太『多管行事』呀？」

泰德想糾正菲菲，正確的說法是「多管閒事」的時候，又迎來了朋友們嚴厲

的目光。

「不，你做得很好。你大概還沒發現自己的貢獻⋯⋯」泰德正色地說，並指向被困在玫瑰叢中的野豬，「他們就是那股惡臭的源頭。」

兩隻野豬看起來驚慌失措。

「這些可惡的花朵！散發着香氣的花朵！太噁心啦！太可怕啦！」

「快放我們出去！這香味實在難以忍受！」

馬芬驚訝地看着他們：「這兩個臭哄哄的傢伙，居然會討厭花朵的香氣！」

兩隻野豬洩氣地抱在一起。

「身上沒有臭味，我親愛的德露米拉一定會嫌棄我！」其中一個哭訴道。

「我已經二十年沒有洗澡了……差一點就能打破最長的臭味記錄！」另一個也開始啜泣起來。

「喂，你們兩個吵死了！現在知道我們的屬害了吧！」布麗塔忍不住打斷他們，然後向同伴說，「哼！別管他們了，我們還要去拯救熊崖堡，出發吧！」

馬芬卻把她攔下來：「我們不好好利用這些傢伙，來取得更多情報嗎？」

「什麼情報？我看這兩個蠢蛋，連今天是幾月幾號都不知道呢！」

這時，泰德從一本名為《圖解野豬軍團簡史》的圖書裏探出頭來，他興奮地大喊：「找到了！」

「你這個橡果腦袋找到了什麼？」布麗塔沒好氣地問。

「根據他們爪子上的紋身，我敢肯定攻擊我們的這些野豬，是『暗黑王』的手下，他們是史上最邪惡、最殘忍和最卑鄙的臭臭野豬軍團！」

這番話讓吉爾渾身顫抖起來，就像

在風中抖落的樹葉一般。馬芬拚命地搖動他的身體，喊道：「吉爾，別暈過去啊！現在不是害怕的時候！我們要讓他們說出暗黑王的計劃！」

兩隻野豬忽然安靜下來。片刻後，身材較魁梧的那隻野豬嚴肅地說：「我們不會告訴你們任何事情！」

「呵呵，那麼你們在玫瑰叢裏好好待着吧！」布麗塔威脅道。

野豬搖了搖碩大的腦袋：「威脅對我們沒用的！我們是暗黑王的手下，要我們背叛他？休想！」

突然，吉爾揮舞他的魔法杖，杖上發射出一道黃色光芒。

　　「你想做什麼？」馬芬擔憂地問。

　　一般來說，當光芒亮起後，就可以唸出咒語，但由吉爾施展魔法，幾乎不可能

有什麼好事發生。

可是，吉爾向馬芬保證：「我知道有一個咒語，可以讓他們從實招來！『一五一十説説』，嘿！」

結果，兩隻野豬真的和盤托出所有事情。沒錯，是所有！

「在五歲半那年，我偷吃了妹妹的點心。」其中一隻野豬説。

「晚上不亮燈的話，我不敢睡覺！」另一隻野豬也坦白地説。

「有時候我會在被窩裏放屁！」

「每次背字母表時我都會打嗝！」

馬芬看了看吉爾：「呃……朋友……這魔法好像不太對勁……」

菲菲飛到他們的身邊，說：「也許只是你們沒問對問題呢。喂，快說！暗黑王那個壞蛋，他今天到底想幹什麼？」

兩隻野豬齊聲回答：「佔領『閃電寶座』，成為熊崖堡的國王！」

你一定會問，「閃電寶座」究竟是什麼玩意？

讓我娓娓道來吧。你準備好了嗎？這是一個偉大的傳說啊！

7

閃電寶座

　　很久很久以前，熊崖堡只是一座遺世獨立的大山，既空曠又荒涼。大熊們分散在各地居住，沒有推選首領。

　　一天夜裏，突然狂風大作，雷雨交加，一道閃電猛然劈在山頂上。第二天，大熊們發現那裏有一塊焦黑的岩石裂開了，它像極一把椅子，有靠背和扶手，簡

直就像國王的寶座！

　　一隻勇敢的大熊坐在石椅上，結果他
成為了熊崖堡的第一任國王。從此以後，
置於廣場中央的這把石椅被
稱為「閃電寶座」，一直傳

至現今的貪吃熊國王。（雖然他總是抱怨這寶座又冷又硬的。）

如果暗黑王成功佔據「閃電寶座」，那麼根據森林的法則，他就會成為熊崖堡至高無上的統治者。

這聽起來也不太壞，不是嗎？

可是，馬芬的朋友們不禁歎了口氣。吉爾在長袍的口袋裏翻找蜂蜜零食，努力讓自己鎮定下來。泰德搖晃着腦袋，還使勁地擦拭眼鏡，每當他緊張時都是這個模樣的。布麗塔啃咬她的木劍，讓它變得更鋒利。至於馬芬，他突然聽見了聲響，

示意大家保持安靜，不要亂動。

砰！砰！砰！

「暗黑王正用他的樹椿巨棒攻擊熊崖堡。」其中一隻野豬説。

「他不費吹灰之力，就能攻破你們的城牆！」另一隻野豬補充。

轟隆隆！

很快，一聲巨響傳來，鳥兒驚慌得飛出樹林。

「看吧！」拿着棍棒的野豬喊道，「你們就要完蛋啦！」

布麗塔用木劍狠狠地敲打野豬的腦

袋：「哼！我們走着瞧吧！」

　　說完，布麗塔便朝着城門跑去，想阻止暗黑王和他的手下，大家也跟着她狂奔起來。和平常一樣，馬芬落在隊伍的最後，他憂心地大喊：「這樣做的話，我們一定會落入敵人的手裏⋯⋯」

　　「那你有什麼好辦法？」吉爾跑在他前面，氣喘吁吁，「倒是說來聽聽呀！」

　　「也許真的有⋯⋯」

　　「快說！不然你就沒有機會開口的了，敵人就在前方！」

　　馬芬終於下定決心，他喚菲菲來到他

身旁，嚴肅地說：「這次我們也需要你幫忙，你可以替我們給美迪帶個口信嗎？」

一聽見這個名字，吉爾的雙眼立刻發亮：「啊，世界上最可愛的浣熊！你要跟她說什麼呀？」大熊的語氣變得溫柔起來，一臉陶醉。

布麗塔卻露出不快的神色：「美迪又不是戰士！她只會用蜂蜜治療生病的小動物！」

「沒錯！我們需要的

正是蜂蜜啊！」馬芬笑道。

接着，他在菲菲的耳邊竊竊私語，菲菲忍不住笑出聲來。不久，她輕盈地飛起來，一眨眼就越過熊崖堡的城牆。

「你到底跟她說了些什麼？」布麗塔忍不住問。

馬芬沒有回答，他只是走到隊伍的最前端，朝着城牆直奔而去。

此時，野豬們已經在城門上打開了一個缺口，紛紛湧進城裏。他們身上的汗味臭氣熏天，鬃毛已經很久沒清洗過，蹄子上結滿了泥垢，連呼出的口氣也難聞得

要命。他們用惡蟲炸彈攻破城門，現在各種惡蟲正四處亂飛。

「怎麼辦？我才不要從惡蟲中間穿過啊！」吉爾渾身顫抖着，「我可不想花一個月的時間在身上抓跳蚤！」

「那麼我們用松鼠戰術！」布麗塔大喊。

「什麼戰術？」其他朋友齊聲問。

只見布麗塔伸出手說：「把你們身上的甜食都交給我！」

「你在開玩笑嗎？」吉爾抗議。

布麗塔搖搖頭，一臉嚴肅地說：「我

是認真的！」

「可否至少讓我留一個？」

布麗塔不耐煩了：「天啊！別多說，快交出來！」

大家只好聽從她的話，乖乖地把甜食交出來。只是一眨眼的功夫，布麗塔的腳邊就堆起了一座甜食小山，有蜂蜜零食、甘草糖、棒棒糖、糖漬玫瑰花瓣、焦糖榛子……她滿意地點了點頭，然後迅速地將甜食撒在各處。

結果，害蟲馬上盯着甜食不放，漸漸飛散，他們眼前出現了一條小路。

「看見了嗎？松鼠的辦法絕對可靠！」布麗塔歡呼道，她一邊看着朋友們，一邊在熊崖堡的主路上倒後行走。

「小心啊！」吉爾大喊，一把抓住布麗塔的後頸，拉着她滾進一條小路，馬芬和泰德也緊隨其後。

「你這個笨蛋！橡果腦袋！

你在幹什麼？」布麗塔嚷道。

「噓！」泰德示意她禁聲，指了指小路的轉角處。

城市裏的大街小巷，如今到處都是野豬的身影。他們的首領到底是誰？當然是身材最魁梧、鬃毛最長最硬、氣味最難聞、性格最殘忍的暗黑王！

「我忠誠的手下，快上！給我佔領這個熊窩！那羣毛茸茸的膽小鬼，他們哪裏配得上住在這裏！」暗黑王一邊嘶吼，一邊揮舞着樹椿巨棒。

「沒錯！趕快佔領！可是……要佔領什麼熊窩？」暗黑王身後的一隻野豬問，他的頭盔比他的頭還要大呢！

「什麼熊窩？當然是熊崖堡了！」暗黑王頗為不滿地嚷道。

「但這是一座堡，不是一個窩。」另一隻野豬反駁，還小聲地問他的同伴，「難道我說錯了嗎？」

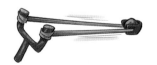

「其實我不知道什麼叫『堡』啊。」同伴輕聲回答。

暗黑王不耐煩了：「堡就是……哼！少囉嗦，我們要找的是大熊的寶座！」

「對對對，寶座！可是，那些大熊都到哪裏去呢？」頭盔比他的頭還要大的野豬又問。

「他們都躲起來了！」暗黑王一拳擊中他的頭盔，「隨便他們吧！反正誰都阻擋不了我們！」

接着，暗黑王哼起一首小曲，他手下的野豬紛紛合唱起來：「我們臭，我們

髒，我們野蠻，我們是暗黑王的野豬大壞蛋！」

「哼！他們怎麼不去參加橡樹林的金嗓子歌唱大賽呢？」布麗塔諷刺地說。吉爾馬上用手肘

撞了她一下，示意她別再出聲。

野豬們繼續亂哄哄地合唱：「知道我們要到哪裏去嗎？」

可是唱到一半，他們突然停下歌聲，大家面面相覷。

「老大，我們要到哪裏去啊？」

只聽暗黑王大吼：「寶座！我們要找到寶座！」

8

遠方會的作戰計劃

　　暗黑王一副兇神惡煞的樣子，正率領野豬軍團向山頂進發。

　　哼哼哼哼！他們一邊發出哼聲，一邊撓着腋窩。轟隆轟隆！他們的蹄子踏在地上，震耳欲聾，勢不可擋。

　　野豬軍團一轉過街角，布麗塔就從木桶後探頭窺視。她對馬芬說：「我們要

66

怎樣做才能阻止他們？我看，我們應該要從背後偷襲，出其不意！」

泰德卻搖搖頭：「他們高大魁梧，兇猛粗魯，還臭氣熏天；而我們呢，身材嬌小（除了吉爾，你總是在吃零食），溫文爾雅（除了布麗塔，你生氣的時候，誰都不敢招惹你），而且芳香撲鼻（除了馬芬，你一脫鞋，大家都會被你的臭腳熏得難受）！」

「我今天穿了乾淨的襪子！」馬芬不禁抗議。

泰德繼續說：「別插嘴，讓我把計劃

好好説完：我們要比他們更快到達『閃電寶座』的位置！」

接着，他從背包裏拿出熊崖堡的地圖，仔細地研究起來：「總之，要趕在暗黑王的前頭抵達寶座廣場的話……我們就要抄小路。」泰德一邊咕噥，一邊在地圖上畫出一條路線。

「什麼小路呀，你這個南瓜腦袋！我們要從房屋上面穿過才行……」布麗

塔抗議道，「我能跳上屋頂去，但你們這些傢伙呢？看看你們，實在太笨重啦！」

泰德撓了撓自己的肚皮，說：「言之有理……」

這時，吉爾向前踏了一步：「你是說跳上去嗎？哈哈，告訴你們吧，我在魔法學校第四次不及格前，曾學過一道跳上天空的咒語……」

「快唸出來啊！」大家紛紛催促道。

大熊抬頭望向遠方，尋找當年那塊被雷電擊中的岩石。在岩石寶座的後方，就是熊崖堡那面壯闊的懸崖。

「拜託你千萬別唸錯，否則我們就會變成『遠方會爛泥』了！」布麗塔幽幽地說。

吉爾拚命地搖著頭：「我一定不會唸錯！」

於是，他用魔法杖敲了敲地面，大聲說：「超級超級跳！」

遠方會的小小冒險家突然感到有一股神奇的力量，將他們往後拉……再往前推……再往後拉……

突然……

嗖！他們全都被拋到空中！

9

驚險的空中飛翔

耳邊的風聲呼呼作響，馬芬的大耳朵就像扇子般搖動起來，但他並不在意。

「嘩哈哈哈哈哈！」他張開雙臂大喊，「飛翔的感覺真是太美妙啦！」

吉爾在他身旁，正舉起閃着藍光的魔法杖。

「哎呀！哎呀！哎呀！」

發出呻吟聲的是泰德，他撞上一羣烏鴉了！牠們在泰德身上啄來啄去，彷彿他是一件橡果蛋糕，而不是一隻胖乎乎的鼯鼠。

布麗塔拔出木劍，輕輕一揮，就把烏鴉趕走了。

「你可以繼續飛翔啦。」布麗塔笑着說。於是泰德再度揮動四肢，繼續往目的地前進。

就這樣，他們飛過熊崖堡裏翡翠區的花園，飛過鑄鐵湖的鐵匠鋪，飛過窄巷子的小旅館……

　　留守在家中的熊崖堡居民看見他們飛過，都驚訝得目瞪口呆。這些居民幾乎都是大熊，也有睡鼠、雪貂和浣熊。

　　馬芬在空中往下張望，尋找着美迪的身影。

　　不知道菲菲有沒有把口信帶給美迪呢？美迪是否已到達約定的地點呢？就在馬芬這樣想着之際……

　　「暗黑王！」布麗塔警覺地大叫，「看！就在那裏！」

　　大家紛紛順着她的木劍所指的方向望去，只見野豬軍團在迷宮般的大街小巷裏

兜兜轉轉，迷路了好幾次後，終於找到了「千階坡」，沿着這道斜坡往上走，就能到達閃電寶座。

「可惡！」吉爾大喊，「他們怎麼會那麼快！」

魔法杖的光芒瞬間黯淡下來。

「吉爾，不要分心啊！只要你集中精神，我們一定能追趕上他們！」馬芬為吉爾加油。

布麗塔卻用另一種方式鼓勵吉爾：「要是我們現在掉下去，一定會落入野豬臭哄哄的手裏！」

「你說什麼？臭哄哄的手？」吉爾不禁顫抖起來。他是一隻可愛的大熊，一位忠誠的朋友，作為魔法師，他也……好吧，他一直很努力地當一名稱職的魔法師啦。但我可以肯定，這傢伙其實是一個膽小鬼！

來看看他是怎樣為自己打氣吧。他正緊閉雙眼，不停小聲地重複道：「別往下看，別往下看，別往下看……」

「你最好往下看啊……」泰德告訴他，「要是我們飛過寶座廣場，那麼等待我們的就是深不見底的懸崖了。如果

你們當初能給我一點時間，我就能精確地計算出路程！」

「懸……懸……懸崖……」吉爾一邊結巴地説，一邊驚慌地重新睜開雙眼。

就在這一刻，魔法杖的光芒徹底熄滅了！遠方會的一眾成員在空中飄浮。

「我們會摔死的！」泰德一邊尖叫，一邊牢牢抓緊自己的背包。

「你們趕快滑翔啊！我説滑！翔！啊！」布麗塔馬上張開她的尾巴，變得像一團綿花糖似的。

「我試試！」馬芬拚命地揮動着雙臂，

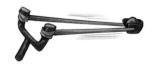

看上去就像一個藍頂的打蛋器。

　　另一邊廂，吉爾已經開始急速下墜。老實說，如果你的身形跟這位熊魔法師一樣，而且肚皮裏裝滿了**蜂蜜點心**，你也會像他一樣下墜的！

　　砰！只見吉爾跌落在千階坡的最下方，不偏不倚地落在兩隻野豬中間。那兩

隻野豬很快就站了起來，並趁着我們這位大熊朋友依然頭暈目眩的時候，合力用一塊髒兮兮的破布將他裹起來，只讓他露出腦袋，然後把他扛到肩上。

第二個墜下來的是泰德，幸運的他被一根樹枝截住了。相比之下，布麗塔的身手敏捷得多，她在寶座廣場的中央安全着陸，尾巴依然張開着，準備大戰一場。

咦？馬芬呢？

「不要啊！不要啊！」馬芬大聲哭喊着，

他正急速墜落，往寶座後方的懸崖俯衝。

他的腦袋上下搖晃着，碩大的耳朵稍微減

慢了下墜的速度，可是根本止不住跌勢！
馬芬在空中翻着筋斗，最後他奮力地張
開雙腿……

「啊！」馬芬驚呼。

好險！只見他一隻腳踏在寶座上，另
一隻腳則在懸崖邊緣擺盪。

當馬芬站直了身子，野豬軍團的喘息
聲便從他背後傳來。他猛地轉過身，大聲
說：「暗黑王，放馬過來吧！」

10

寶座廣場上的大混戰

　　在熊崖堡的山頂上，通常只會聽見貪吃熊國王的聲音，他總是在抱怨那硬邦邦的寶座，害他尊貴的屁股疼得難受。

　　而現在，一場激烈的戰鬥正在這裏展開。布麗塔揮舞着木劍東竄西跳，她反應敏捷，動作利落，躲開了好幾隻野豬的攻擊。她想去拯救被破布裹着的吉爾，卻

被一羣野豬擋住了去路。

「小不點，此路不通啊！」野豬輕蔑地笑着。

一隻野豬朝布麗塔揮棒，只見她靈巧一跳，安全避過：「哼，我們走着瞧！」

這時候，泰德仍然掛在樹枝上，他成功抓住了背包，把內裏一本本樹皮做的書往下扔，砸中了一個又一個野豬的腦袋。

「哈哈！」泰德滿意地大笑起來，「鼯鼠的知識是強大的武器呢！」

不久，菲菲也來到了。她飛到野豬的頭上，不禁捂住自己的小鼻子。

「哎呀，你們實在太臭啦！」菲菲對野豬說，「我建議你們用鈴蘭精油泡個澡，再敷點野玫瑰，嗯……讓我再想想……對了，還可以用紫羅蘭幫你們去除口臭……」

野豬們張牙舞爪，像趕蒼蠅一樣把菲菲趕走了。與此同時，馬芬正舒舒服服地坐在閃電寶座上。（至於坐在一把石椅上究竟能有多舒服，你還是找個機會自己試試，再來告訴我吧。）

他打了個響亮的呵欠，又愉快地吹起口哨，並把指甲裏的污垢挑出來。

我知道你想説什麼——你本來就懷疑馬芬能不能當一位大英雄，現在大敵當前，他居然還這個模樣，是不是瘋了？

可是，親愛的小讀者，我們不是常説凡事不能只看表面嗎？你有沒有想過，或許這一切都在馬芬的掌握之中？

這時，兩條強壯的手臂推開了寶座前的野豬，原來是暗黑王！只見他氣勢洶洶，眼神懾人，而且臭氣熏天，滿腔怒火。

「這個乳臭未乾的小子是誰？竟敢坐在閃電寶座上！」暗黑王大發雷霆，「臭小子，快給我滾開！」

　　馬芬深呼吸了一口氣，然後響亮地說：「我是遠方會的大英雄！」

　　「哼！那麼我是會跳舞的蜻蜓呢！」暗黑王咆哮道。他身邊的一個手下忍不住笑起來，結果暗黑王狠狠地一拳揍在他臉上。

　　「你不相信我沒關係⋯⋯就讓你嘗嘗魔力椏杈的厲害吧！」

　　說罷，馬芬從寶座上站起來，緊緊握住椏杈，並把一塊大石搭在上方，然後用盡全力拉開椏杈⋯⋯

　　啪嗒！這真是絕妙的一擊！

救星來了！

　　嗖的一聲，石頭從魔力椏杈彈出，在空中呼嘯而過，似乎直奔目標而去。

　　可能你還不知道，我之所以說「似乎」，是因

為大英雄的這把魔力椏杈，真的有點令人捉摸不透。

不是嗎？石頭只差一厘米就能擊中暗黑王的大鼻子，但它卻突然轉向，飛往扛着吉爾的兩隻野豬。石頭在他們兩個腦袋之間彈來彈去，疼得他們哇哇大叫，應聲倒地。

吉爾掉在地上，裹住他的

破布鬆開，他重新站了起來。

　　一把棒槌正往布麗塔身上揮去，在這危急之際，只聽哐的一聲，那塊石頭及時擊中棒槌，使它從野豬手上飛脫。布麗塔抓住這個機會，提腿飛踹，將她的對手踢倒在地。

　　劈啪！那塊石頭接着打斷了掛着泰德的樹枝，鼴鼠安全降落在一堆樹葉上，並把剛才用作武器的圖書收集回來，然後到廣場中央，和他的朋友會合。

　　接下來會發生什麼事呢？

　　石頭的最後一擊，似乎是瞄準暗黑

王。大家全都屏住了呼吸，可是……

　　啪！石頭居然在最後一秒偏離了軌道，射向菲菲！

　　「臭小子，這就是你全部的本領嗎？」暗黑王不禁嘲笑馬芬，「你以為隨便拿從蒼蠅市場弄來的椏杈，就能將我打敗嗎？」

暗黑王步步進逼，準備把馬芬趕下寶座。這時候……

　　哇啊啊啊啊啊！一條巨型毛毛蟲突然憑空出現，牠的樣子兇神惡煞，正張開血盆大口。

　　「啊，天呀！」馬芬不禁驚歎，「這根本不在我的計劃之內啊……」

　　只有馬芬和他的朋友們知道究竟發生了什麼事情，菲菲顯然是因為被石頭打中

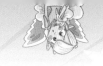

而生氣了。她一不高興，就會變成……
哎呀，反正你都知道了。

　　毛毛蟲一動不動地盯着暗黑王，
暗黑王也一動不動地盯着毛毛蟲。

　　突然，毛毛蟲張開大
口，朝暗黑王撲去。

暗黑王迅速後退，剛好避過牠的攻擊。毛毛蟲撲空了，尖牙在地面上鑿出了一條大裂縫。

暗黑王向自己的手下大喊：「快攻擊這怪物！王座是屬於我的！」

野豬們紛紛趕來保護自己的首領。他們把毛毛蟲包圍，並用棍棒敲打牠的甲殼，想盡一切辦法來抓住牠，可是毛毛蟲卻毫髮未傷！

遠方會的成員目不轉睛地看着眼前的場景，不禁為毛毛蟲——菲菲揑把冷汗。

突然，吉爾聽見了響亮的口哨聲，

他把目光往上移，只見皇宮塔樓的窗台上出現一個身影！你猜猜是誰？

就是吉爾朝思暮想的浣熊美迪啊！她是治療腹痛、牙痛和頭痛的醫術高手，她的藥膏能夠減輕身體的痛楚，她的靈藥能夠撫慰受傷的心靈……（哎呀，你們別怪我囉嗦，這些都是吉爾寫給美迪的詩句！）總之，那個身影就是美迪！

「美迪！」吉爾大喊，癡癡地望着她。但美迪將一根手指豎在唇邊，示意他不要作聲，然後指了指馬芬。

「哎？啊！」吉爾恍然大悟，用手

肘撞了撞馬芬，悄悄地說：「美迪在上面呢！」

馬芬抬起頭，向美迪使了個眼色，她立刻拿出一大鍋百花蜂蜜。

「暗黑王！」馬芬大喊。

這位野豬首領聞聲後，不顧在一旁的毛毛蟲，反而揮舞起棍棒，來勢洶洶地朝馬芬逼近。

「你還能活着坐在我的寶座上，真夠運的！」暗黑王大喊，「現在就讓我們好好地算一算賬！」

出乎意料的是，馬芬居然乖乖地從寶

94

座上站起來，還對暗黑王鞠了一躬，說：

「偉大的暗黑王，這閃電寶座的確應該屬於你！」

「咦？」野豬露出驚訝的表情。

「什麼？」遠方會的其他成員也不禁納悶起來。

「快來啊！登上寶座吧！只有你才有資格擁有這個王位！」馬芬繼續說。

「你撞壞腦袋了嗎？」布麗塔不禁大罵。

「大英雄！你能不能別開玩笑？」吉爾也忍不住道。

就連泰德也說：「我不覺得這是一個出奇制勝的策略⋯⋯」

但馬芬繼續指着寶座，又向暗黑王鞠了一躬。於是，暗黑王趾高氣揚地走向寶座，一個轉身——咚！他一屁股坐在寶座上。

「哈哈，成功了！」他興奮地大喊，「我終於成為了熊崖堡的國王！」

「美迪，快！」馬芬突然叫道。

美迪在塔頂拿着一鍋芳香撲鼻的蜂蜜，猛地往暗黑王的大腦袋倒下。一瞬間，暗黑王從頭到腳都淋滿了蜂蜜。

「不！」他大吼，
「這可惡的百花蜂
蜜！」

　　野豬首領暗黑王的風光時
刻，只維持了短短幾秒，就這
樣結束了。

12

誰的功勞？

　　美迪儲藏了許多蜂蜜，這些蜂蜜由魔法鎮的各種鮮花釀造而成，專門用來治療小動物的傷口，讓牠們安睡。蜂蜜芳香四溢，卻讓暗黑王無法忍受。

　　「你們這羣傢伙，快來幫我！」暗黑王向手下們大吼。此刻，他已被蜂蜜淋得濕透，每一根鬃毛都散發着花朵的香氣。

　　一隻野豬上前，但距離暗黑王一步之遙的時候，他大喊：「首領！我實在受不了啊，你身上的花香太濃了！」

　　「對！首領居然香得像花園一樣！」

　　「這是多麼可恥！多麼噁心！多麼丟臉！」

　　暗黑王拚命地在草地上打滾，嘗試去除身上的蜂蜜和香氣，卻徒勞無功。野豬們開始七嘴八舌地談論起來，從來沒有一個野豬首領是沒有惡臭的，於是他們決定：暗黑王不再是他們的首領！

　　可是，沒有了首領，他們頓時感到一

片迷惘。

「我們坐上寶座吧！」有野豬提議。

「坐不下啊，你這隻大蠢豬！」

「把暗黑王餵給那條毛毛蟲吧！」

「可是毛毛蟲已經走了！」

「那麼我們也走吧！」

就這樣，野豬們離開了熊崖堡。起初他們只是小跑着，漸漸地，他們的速度越來越快，彷彿身後有一條兇惡的巨龍正追趕他們。誰知道這是怎樣的一回事呢？

只有兩隻野豬不忍心把暗黑王留下，於是用之前裹住吉爾的那塊破布，把他包

裹起來，推下台階。

這位前首領用虛弱的聲音，最後一次向馬芬發出挑戰：「遠方會的大英雄，我要把你剁成肉醬，告訴你，我是⋯⋯」

他之後說了些什麼，誰都沒有聽見，因為他已經順着台階越滾越遠了。

那些長着粗硬鬃毛的野豬，就這樣不留痕跡地消失了。（除了有個別粗心的傢伙，把他們的棍棒丟在路上。）

至於毛毛蟲，馬芬已經趁着適當的時機，把一顆甘草糖射進牠的嘴裏。毛毛蟲瞬間平靜下來，變回那個溫柔甜美的

精靈。

美迪跑向馬芬，親吻他的臉頰，讚歎道：「馬芬，你真是個大英雄！你帶來的口信拯救了我們。要不是你讓我準備好百花蜂蜜，登上塔樓，那麼我們……」

「不，這都是你的功勞。要是沒有你，我們早就完蛋啦！」馬芬謙虛地說。

接着，他向朋友們一一致謝：「我們能夠脫險，還因為布麗塔英勇無比，以一敵百！還有博學睿智的泰德，總給予我們正確的指引。還有，要不是吉爾的『超級超級跳』咒語，恐怕現在暗黑王

仍得意洋洋地坐在閃電寶座上呢！」

「那麼我呢？」一把温柔的聲音打斷了馬芬的話，菲菲害羞地問，「我也幫了一點小忙，對不對？」

大家看着眼前的廣場，被毛毛蟲破壞得面目全非，不禁尷尬地清了清嗓子。可是，誰忍心告訴她真相呢？

這時，美迪輕輕撫摸菲菲的金髮，笑着說：「你是我們勇敢的精靈，遠方會怎能缺少你呢？」

大家的臉上都露出了燦爛的笑容。

13

冒險結束

　　大英雄馬芬和他的朋友們帶着勝利的喜訊，沿着千階坡拾級而下。

　　熊崖堡各家各户的窗户、柵欄和大門陸續打開，居民們戰戰兢兢地探出頭來。

　　看來，野豬軍團已經撤退了！

　　「外面很平靜！」一對浣熊在家門前叫道。

「這怎麼可能？」幾隻睡鼠從地下室探出身來。

「是誰趕走了那羣野豬？」一隻大熊在陽台上問。

「咳⋯⋯嗯⋯⋯」吉爾清了清嗓子，大聲演説，「各位親愛的熊崖堡居民，親愛的朋友們，讓我來向大家宣布，我吉爾作為一名傑出的魔法師，與我的朋友布麗塔、泰德以及⋯⋯」

響亮的喇叭聲突然傳來，一列長長的護衛隊出現，原來是貪吃熊國王返回熊崖堡了，隊伍在千階坡的空地停了下來。

十隻強健的大熊緩緩地放下國王乘坐的轎子，大家屏息靜氣，等待參見毛茸茸陛下。

貪吃熊國王先踏出一隻腳，再踏出另一隻，然後他捂着嘴巴，打了一個大大的呵欠。（在回程的路上，他一定頂着滿肚子的橡果汁，小睡了片刻！）接着，他開始環顧四周。

「看來我們不在的時候，一切都很平靜。」國王説，然後轉向一位穿着白色長袍的高個子，「熊大師，你發現到有什麼不同嗎？」

「也許比平時多了點跳蚤。」熊大師阿奇米高漫不經心地回答。他曾是吉爾的魔法老師。

「那麼我們回王宮討論正事吧。」

「遵命，陛下。」

於是，他們繼續走向王宮，侍衛把街上圍觀的熊民驅散。

馬芬歎了口氣：「他們居然什麼都沒發現⋯⋯」

「這樣不是挺好的嗎？」美迪說，「最重要的是，這座城市安然無恙⋯⋯這多虧了我們遠方會！」

說完，美迪衝上前，給吉爾一個大大的擁抱，大熊的臉霎時漲得通紅。

布麗塔、泰德和馬芬也走上前，跟他們抱在一起；菲菲也飛到吉爾面前，抱着他毛茸茸的腦袋。

他們成功拯救熊崖堡了！那麼接下來要做什麼呢？

接下來，馬芬要回家啦！

吉爾將召喚馬芬的咒語倒過來唸，把他送回現實世界。

現實世界的時間和魔法鎮的時間完全不同，當遠方會展開漫長而刺激的冒險時，在馬芬生活的城市，也是我們的城市，僅僅過了零點零一秒，差不多就是一隻昆蟲眨眼的時間。(昆蟲應該會眨眼吧，其實我也不肯定，我又不是百科全書！)

於是，馬芬又回復他原來的樣子：做事拖拖拉拉，總是最後一名。此刻，阿黛西老師正以銳利的目光看着他。咦？她

的眼睛怎麼跟暗黑王的那麼相似呢？

　　不過，如果我們的大英雄能夠把野豬首領逐出熊崖堡，那麼他一定能順利完成數學大賽的，你說對不對？

魔法烏龍冒險隊 2

野豬的臭臭攻擊

作　　者：史提夫·史提芬遜（Sir Steve Stevenson）
繪　　圖：伊雲·比加雷拉（Ivan Bigarella）
翻　　譯：陸辛耘
責任編輯：陳志倩
美術設計：陳雅琳
出　　版：新雅文化事業有限公司
　　　　　香港英皇道499號北角工業大廈18樓
　　　　　電話：（852）2138 7998
　　　　　傳真：（852）2597 4003
　　　　　網址：http://www.sunya.com.hk
　　　　　電郵：marketing@sunya.com.hk
發　　行：香港聯合書刊物流有限公司
　　　　　香港新界大埔汀麗路36號中華商務印刷大廈3字樓
　　　　　電話：（852）2150 2100
　　　　　傳真：（852）2407 3062
　　　　　電郵：info@suplogistics.com.hk
印　　刷：中華商務彩色印刷有限公司
　　　　　香港新界大埔汀麗路36號
版　　次：二〇二〇年六月初版

ISBN: 978-962-08-7532-8
© 2020 Sun Ya Publications (HK) Ltd.
18/F, North Point Industrial Building, 499 King's Road, Hong Kong
Published in Hong Kong
Printed in China